꽃피는 순간
나무는 가벼워진다

꽃피는 순간
나무는 가벼워진다

손연옥 시집

그린아이

숨어 있는 퍼즐을 들어올린다. 내가 살아왔던 시간 속에서 내 안의 나를 찾아간다. 쌓인 주름 여러 겹 단 한 번의 생 오도카니 웅크리고 있다. 겹쳐진 기억 속을 한 겹 한 겹 벗기고 방황했던 시간 그 때를 찾아간다. 빠르게, 내가 어찌할 수도 없이. 길에 떨어진 붉은 꽃잎 아직도 오거리 교차로에서 길을 찾아가고 있다.

스테인드글라스를 통과한 빛이 모여서 따스한 그림을 만들어낸 나의 시 안에 신의 은총이 가득하길 기원한다.

시의 길을 열어준 나의 스승님과 시를 쓸 수 있게 강화섬의 시간을 만들어 준 남편, 늘 응원해 준 사랑하는 가족과 친지들, 그리고 시향기 문우들에게 감사드리며 이 시집을 드린다.

2024년 가을
강화섬 꿈ing house 에서
손연옥

손연옥의 시집
『꽃피는 순간 나무는 가벼워진다』
-손연옥과 그의 시세계

경현수 시인

    손연옥 시인의 첫 시집『꽃피는 순간 나무는 가벼워진다』를 출간한다. 시인은 2019년『한국문학예술』을 통해 등단하였다. 시력 6여 년 남짓 짧은 시간으로 생각되지만 오히려 긴 시간일지도 모를, 그의 생의 주기에 가장 원숙하고 폭넓은 사유로 가장 매혹적인 시기가 될 즈음이 아닐까?

    로버트 프로스트의 시「가지 않은 길」을 소환해 본다.

    노란 숲속에 길이 두 갈래 있었습니다
    나는 두 갈래 길을 다 가지 못하는 것을
    안타깝게 생각하면서

    (中略)

그날 아침 두 개의 길에는
누군가 낙엽을 밟은 자취는 없었습니다
아, 나는 다음 날을 위하여
한 길을 남겨 두었습니다
길은 길에 연이어 끝없었으므로
내가 다시 돌아올 것을 의심하면서

손연옥은 본디부터 있어온 시인, 그 존재의 답이 떠오른다. 그는 존재 이전의 시인이었음을−다음 날을 위하여 가지 않은 새로운 길 앞에 서 있다. 프로스트의 두 개의 길에서 예감하는 일처럼, 그가 보내온 시고(詩稿)를 열면서 가느다란 떨림의 파장이 전이되고 있음에 "좋은 시편들이구나"라는 감동을 뿌리칠 수 없었다. 손연옥은 풍광이 아름다운 녹차의 고장 전남 보성이 고향이다. 아마 오염되지 않은 도도한 숲과 녹차밭의 토양이 그의 시적 모태(母胎)인지도 모른다.

그는 열두 남매에서 열한 번째로 태어났다. 경찰

서장으로 봉직한 부친의 엄격한 가르침과 사랑 안에서 다복한 성장기를 거쳐 전주교육대학을 졸업한 후 교직에 오랫동안 근무하였다. 부군은 금융계에서 역량을 드러낸 은행가로서 익히 알려지기도 했지만 예술 애호가로서도, 든든한 독자로 외조를 하고 있다. 외동아들은 시인의 팔로워이고 응원자이기도 하다. 시인은 시동인 詩木 동인활동에도 참여하며 시의 영역을 넓혀가고 있다.

  손연옥의 시는 통시적(通時的) 면에서 변화를 통하여 공시적(共時的) 면의 갈등을 통하여 동일성의 가치개념으로 장착되고 있다. 동일성의 감각이 시적 세계관을 비롯하여 시의 언어, 이미지, 상징, 시제 등 여러 요소들 속에 작용하면서 한층 높은 완성도를 이끌고 있다. 몇 편의 시를 잠시 열어 본다. 「탱자나무 울타리」, 「조팝나무 인쇄소」, 「사각형 바다」, 「민트빛 여름」 등에서 그의 목소리는 더욱 명징하고 도도한 듯 그의 세계가 드러나고 있다.

이즈음 비시적(非詩的) 문체와 문맥이 외계적 아이러니의 취향과 묘한 흐름의 낯설음으로 독창적(?) 작품세계라고 내세우는 일이 비일비재(非一非再)하다. 이런 문학의 현실을 넘어선 손연옥의 시세계는 우리 시의 미래의 긍정적 반응이 되리라 예감한다.

　시인은 대략 6년 넘게 강화섬 동막 바닷가에서 전원생활을 한다. 유배된 듯 자유로운 바람으로 살아가는 시적 삶이 부럽기도 하다. 자연은 그의 시적 모티브가 되고 있으리라고 짐작된다. 자연과 섬사람이 주객일체(主客一體)로 조화를 이루는 시의 동일성(identity) 차원에 이르고 있다.

무너진 고향집
마음 놓아버린 탱자나무 울타리
목발 짚고 서 있다
촘촘한 가시 틈새에 젖꼭지 꽃망울 틔우던
탱자나무

파란 이파리 갉아먹던 애벌레는
호랑나비 되어 날아갔다
제 몸에 가시 세워 꽃과 애벌레를 키우며
울창했던 탱자나무 울타리 사이—

허리 굽은 아버지가 지나간다
열두 남매 울타리가 되느라
앙상하게 말라가시던 아버지
노랗게 마른 탱자 알 몇 개
빈 마당에 뒹굴고 있다

—「탱자나무 울타리」 전문

탱자나무 울타리는 고향이다. 아버지이기도 하다. 아버지와 탱자나무는 동일선상에 서 있다. 탱자나무 이파리를 갉아먹는 애벌레, 이파리에 기생해온 열두 남매 애벌레와 탱자나무 울타리의 절묘한 은유가 pathos로 길게 그림자로 깔리고 있다.

아침이 열리면 공간이 다가선다
조팝나무 여린 잎사귀
출렁이며 색깔이 자라난다
여백을 채우는 송이송이
봄빛을 인쇄한다

깊어질 대로 깊어진 꽃빛이
하얀 웃음을 쏟아 놓는다

까르르

흩어진 웃음소리를
바람이 줍는다
가벼워진 꽃자리에
또 다른 소리가 내려앉는다
　　　　　　　　　　　ー「조팝나무 인쇄소」 전문

아침이 열리면 시인은 자연으로 다가가지 않아도

된다. 자연이 그에게로 다가온다. 이미 완성된 온전한 세계가 기다리고 있다. 우주의 모든 것들이 합일(合一)되는, 그래서 꽃들은 하얗게 쏟아져도 또 다른 소리 같은 무형의 순백의 우주가 꽃이 되는, 흔히 현대시를 통해 파괴된 자연은 자아해체의 상관물이 되기도 하지만 위의 시에서는 되레 치유되고 하나 되는 자아일체의 내적 치유를 드러내고 있다.

초겨울 햇볕이 건조망 안으로 스며든다
물고기 건조망은 사각형 바다
헤엄치지 못하는 세계를 헤엄치는 망둥어
파도소리 대신 제 몸 말라가는 소리를 듣는다
무서운 것은 가마우지만이 아니었음을

건조망에 말미잘처럼 달라붙어 기도하는 파리를
바람은 기어를 올려가며 마니차 돌리듯 돌려댄다
생이 파닥거리던 건조망 칸칸마다
망둥어 눈물이 하얗게 찍혀 있다

건조망을 뚫고 나오는 갯비린내들이
꾸덕꾸덕 말라간다
―「사각형 바다」전문

바다에 갇힌 유배된 공간, 압축된 바다는 건조망
이다. 사각형의 바다 안에서 튀어오르려는, 얼마 동
안의 갈등에서 다시 화해하는 꾸덕꾸덕 말라가는
망둥어, 갯비린내도 망둥어 눈물도 주객일체의 응
집된 동일성의 가치개념이 되고 있다.

풀벌레 울음 위에 가늘고
촘촘하게 짜인 소리 그물
어스름 새벽빛이 소리 위에 누워 있다

여름 정원은 바람과 햇살로 마름질된
하늘하늘한 개더스커트
세로줄 선들이 손을 놓으면
구겨진 하늘이 퍼진다

그 속에 언뜻언뜻 비치는 푸른 바다
물기 한 방울 떨어뜨리면
온통 민트색으로 번져나갈
비취색 치마폭 위에 새벽을 허문
여름빛이 한들거린다

—「민트빛 여름」 전문

하늘은 정원이 되고 바다가 되고 바다는 정원이 되는 역설적 일체감, 민트색 하늘은 하늘하늘한 시인의 개더스커트로 자연과 자아가 일체가 되어가는 심미적 세계가 열리고 있다.

시인은 다시 그의 시에서 플러그를 다시 꽂기를 기대하며 콘센트를 찾는다.

그의 시적 에스프리는 자유로운 공간을 찾아 나설 것이다.

손연옥 시인은 현대시에서 지향해 가는 정점을, 그 길을 알고 있다. 그리고 끊임없이 움직이는 시를 생산하리라 믿는다. 존 듀이는 인간의 마음을 동사(verb)라고 정의했다. 자아는 세계와 접촉하며 그 모습을 드러내는 구체적 자아가 된다.

　이제 시인은 더 넓은 세계를 향해 항해하려는 돛폭을 올렸다. 더욱 정진하여 문학의 위업을 크게 펼쳐 나가기를 기대해 마지않는다.

|제1부| **춤추는 오르골**

|제2부| **빗금을 지워나간다**

|제3부| 물기 없는 밤

| 제4부 | **나무인 듯 서 있다** |

춤추는 오르골

춤추는 오르골

어지러운 삶이다

감겨진 태엽에 생을 걸고
돌고 또 돈다
곧 음악이 멈춘다는 것을 아는 것일까
앙상한 몸매 피규어 댄싱 커플
손에 손 잡고 춤을 추고 있지만 틈 사이에는
어두운 불안이 끼어든다

평생 춤을 추는 일은
멀미가 나는 일일지도 모른다
더군다나 한 댄서의 춤놀이에
평생을 늙어간다는 것은

갈대밭의 겨울

산자락 훑고 온 바람
갈대의 발꿈치를 일으킨다
나란히 어깨를 세우고
냉기를 떨쳐내는 버석이는 마른 손
펼쳐진 겨울 벌판은
겨우내 바람소리를 내고
마니산 밑 동막리 갈대밭엔
새들도 떠나고 없다

끝이 보이지 않는
길을 가는 사람들의 숨결이
눈밭을 가로지르고 있다

팔레트를 닦으며

팔레트 위 굳어 버린 물감
색색의 감정이 오랫동안 갇혀 있다
높다란 탑 속의 라푼젤이다

가슴속 생각을 써내려간 언어의 몸짓
깊은 곳에서 꺼냈지만 사랑이 없다
밑그림을 벗어난 시가
생각 너머 또 다른 생각들과 서로 충돌한다
어둠 속을 표류하다
칸칸이 가두어 둔 팔레트 위 물감
언어가 딱딱하게 굳어져 간다

탑을 뛰쳐나온 라푼젤
찬란한 비상이다

유통기한

유효기간 지난 제품이 버려졌다

개 주인이 버리고자 하는
적당한 핑계가 생길 때까지가
기르던 개의 유효기간이 된다

클릭 한 번으로 쉽게 삭제되는 파일이 되어
지워졌다
그들의 기억에서

핑계 삼아 버리는 것은 핑계일 뿐

휴가철 끝난 바닷가에
유효기간 지난 개들이
어둠을 끌고 다니며 하울링을 한다
성대마저 지워져 짖을 수도 없는

휴가철 끝난 바닷가

날지 못한 꿈

까마귀 대여섯 마리 모여 있던 곳에
빈 가슴뼈의 새 한 마리
어지럽게 널려 있는 날갯죽지를
무심하게 밟고 지나가는 바람
이미 빠져나간 체온이
산자락으로 흩어진다
새의 주검을 투과한 햇빛은
그림자를 떨구고
울지 못한 새소리가
떡갈나무 마른 잎에 매달려 바스락거린다

겨울 숲에는 날지 못한 새의 꿈이
가볍게 걸려 있다

사각형 바다

초겨울 햇볕이 건조망 안으로 스며든다
물고기 건조망은 사각형 바다
헤엄치지 못하는 세계를 헤엄치는 망둥어
파도소리 대신 제 몸 말라가는 소리를 듣는다
무서운 것은 가마우지만이 아니었음을

건조망에 말미잘처럼 달라붙어 기도하는 파리를
바람은 기어를 올려가며 마니차 돌리듯 돌려댄다
생이 파닥거리던 건조망 칸칸마다
망둥어 눈물이 하얗게 찍혀 있다

건조망을 뚫고 나오는 갯비린내들이
꾸덕꾸덕 말라간다

텃밭과 물까치 떼

또 그들이 다녀갔다

속살이 여기저기 찢긴 채
배를 드러내고 있는 과일들
여름 과일 밭은 잘 차려진 식탁이다
물까치들에게는

수십 마리씩 떼를 지어 몰려다니며
단단한 수박까지도 구멍을 뚫어 버리는
거대한 식탐
뾰족한 부리는 모든 것을 빨아들이는
블랙홀이다

새들이 허겁지겁 쪼아 먹다 흘린 침방울로
온통 난장판이 되어버린
여름 텃밭이 기우뚱하다

꽃피는 순간

뜰보리수 여린 잎 겨드랑이 사이
한순간 환해진다
봄볕에 달아오른 나무가
일시에 꽃불을 켠다
바람에게 실어 보내는 꽃내음은
결실을 위한 몸부림
수많은 꽃송이를 맴돌며
젖가슴 속살을 파고드는
벌들의 날갯짓

나무는 붕 떠오른다

꽃피는 순간 나무는 가벼워진다
모든 것을 태우고 하얗게 흩날리는

어머니

아파트에 가득 핀 벚꽃 숲
하늘이 하얗게 내려와 있다
벚꽃 피던 4월,
어머니는 꽃길 따라 떠나시고
그날 흩날리는 꽃비는
인연을 놓아 버린 어머니의 눈물
한평생 무릎 꿇어 기도하시던
어머니의 기도가 분홍 윤무로 하늘에 올라가고
가만히 어머니의 울먹이던 기도소리를
붙들고만 있다

테트라포드

바닷가, 해벽
꼼짝하지 않는다
무거운 네 개의 팔로
서로를 껴안은 채
먼 해협을 달려온 파도가
방파제를 때리고 온몸을 물어뜯어도
오로지 붙잡고 있어야 하는 열망 하나로
독해지는 단단한 방파제

깊이 침묵한다 홀로
홀로 수장되는 두려움에
밤새워 뜬눈으로 서로를 지켜보는
멍든 어깨

격랑 너머, 모두의 시간
항구의 테트라포드

봄밤

마당 가득한 매화 향기
기억의 빗장을 열고 들어간다
시집가던 날
작은언니 어깨 위에 내려앉은 하얀 눈
그날은 매화 꽃잎이었다

달빛이 내려앉은 뜰안
매화와 꽃은 붉은 밤을 피워내며
잔칫날 언니의 연지 볼에
꽃잎을 뿌리고 있다

플러그를 다시 꽂는다

연결이 되지 않는다
방전된 배터리는
두렵고 초조하다, 끊어지는 것은
누구와 무엇과도 연결되지 않는 것은
참을 수 없는 고독

기어코 콘센트를 찾아내
플러그를 꽂는다
충전은 잠깐의 포만감
세상이 다시 돌아간다
오늘도 SNS에 온몸을 연결한다

SNS, 플러그를 다시 꽂는다
몽롱한 언어가 춤을 추기 시작한다

자작나무 바람소리

눈 내린 자작나무 숲에 앉았다 벗은 가지 사이를 가르는 햇살을 타고 어렴풋이 들려오는 소리 닥터 지바고 속의 라라의 테마, 꿈결인 듯 들린다 파르르 떨고 있는 자작나무 이파리 하얀 수피에는 사라져 가는 시간 속에서 시베리아 눈보라가 북해도로 밀려가고 하얗게 얼어붙은 외딴집, 흔들어 대던 자작나무 숲의 바람소리

동토의 바람은 숲을 놓아주지 않는다

조팝나무 인쇄소

아침이 열리면 공간이 다가선다
조팝나무 여린 잎사귀
출렁이며 색깔이 자라난다
여백을 채우는 송이송이
봄빛을 인쇄한다

깊어질 대로 깊어진 꽃빛이
하얀 웃음을 쏟아 놓는다

까르르

흩어진 웃음소리를
바람이 줍는다
가벼워진 꽃자리에
또 다른 소리가 내려앉는다

탱자나무 울타리

무너진 고향집
마음 놓아버린 탱자나무 울타리
목발 짚고 서 있다
촘촘한 가시 틈새에 젖꼭지 꽃망울 틔우던
탱자나무
파란 이파리 갉아먹던 애벌레는
호랑나비 되어 날아갔다
제 몸에 가시 세워 꽃과 애벌레를 키우며
울창했던 탱자나무 울타리 사이—

허리 굽은 아버지가 지나간다
열두 남매 울타리가 되느라
앙상하게 말라 가시던 아버지
노랗게 마른 탱자 알 몇 개
빈 마당에 뒹굴고 있다

엉겅퀴

나지막한 언덕에 어우러져 있는 엉겅퀴들
모두 가시 방석을 쌓아가고 있다
지나가는 바람이 멈칫한다

온몸에 가시 두른 까칠한 가슴
피돌기가 멈춰 정지된 채
보랏빛 멍이 들고 나서야
비로소 꽃이 되는
꽃술은 연지솔로 화장을 하더니
왈칵 앙가슴 울음 터뜨린다
가시꽃 엉겅퀴

그 속내가 부서져 내리고

사랑은

연잎 위에 물방울이 서 있다

동그랗게 몸을 움츠리며
비 개인 맑은 하늘을 작은 몸에
담아내고 있다
그 하늘이 깨질까 봐
가느다란 잎자루를 세워 조심스럽게
물방울을 떠받치고 있는 연잎
함께 몰입할 뿐
서로를 의식하지만 간섭하지 않는다

스며들지 않아도
사랑이다
서로에게 집착하지 않는

제2부

빗금을 지워나간다

빗금을 지워나간다

큐브를 맞춰본다, 큐브 속 깊이 숨어 있는
네모난 얼굴들을 끄집어낸다, 그 속에 언뜻 언뜻
비치는 그림자
머뭇거리며 서 있다
한쪽을 맞추면 다른 한쪽이 일그러져 버리는 큐브
삶은 조금씩 어긋나갔다
밖으로 밀어내면 안쪽이 멍이 들던 날들
그 안에 헝클어진 속내 감추고
맞추며 살아가는

정육면체의 빗금을 지워나간다

빈틈

전원으로 온 지 벌써 수삼 년이다
툭 단호박 자르자 튀어오르는 것들
어린 호박의 표피에 침을 꽂고 산란하는
호박과실파리 애벌레다
호박 속에서 부화하여
살찌운 애벌레를 잡을 수는 없다

불쑥 고개 쳐드는 음습한 그놈들의 욕망
호박과실파리의 교묘한 속임수가 닮았다
언제든지 숨어들어 몰래
알을 깔 수 있는 교활함을
아무도 알아차릴 수가 없다

한 덩이 호박 앞에서는 속수무책이다

새벽 새가 따라온다

깊은 밤이 내리면 나는 섬이 된다
깨어 있는 숨결과 함께
모든 소리를 찾아 헤맨다
지나온 시간의 흔적을 더듬고
뻑뻑한 눈알로 천장을 응시하거나
낡은 필름을 되돌리기도
외로운 섬이 된다

닫힌 방안의 검은 블랙홀

아파트 숲이 어둠을 밀어낼 때 그제서야
헝클어진 내 머리는 잠을 찾아간다

새벽 새가 따라온다

회상. 퍼즐

내 안의 나를 찾아간다
내가 살아왔던 시간 속에서
숨어 있는 퍼즐을 들어올린다

쌓인 주름 여러 겹
단 한 번의 생 오도카니 웅크리고 있다
겹쳐진 기억 속을
한 겹 한 겹 벗기고
치열했던 삶
방황했던 시간
그때를 찾아간다
빠르게, 내가 어찌할 수도 없이
길에 떨어진 붉은 꽃잎 아직도
오거리 교차로에서 길을 찾아가고 있다

다시 길이 열리고 있는

구둣방 아저씨

거리공원 길가에 구둣방 아저씨의 손은
옹이가 박혀 있었다
손금을 따라 번져나가던 손가락의 새까만 때와
바보 이반의 손을 꼭 닮은
종일 발 냄새 나는 신발과 힘겨운 씨름을 하던
이반 아저씨 밝은 웃음 뒤에
고달픈 무늬가 얼룩져 있었다
거리공원 수선가게에는 언제부턴가
먼지가 낀 알루미늄 문이 닫혀 있다

나는 그때 아저씨의 때 묻은 지문의 구두를
신발장에 가지런히 놓아두고
내 발걸음을 여기까지 옮긴
이반 아저씨의 웃음을 소환한다

움직이는 조각, 모빌

흔들리도록 만들어진 인간
내 안에서 이는 바람
여지없이 들키고 만다

흔들린다는 것은 기우는 게 아니고
균형을 잡기 위한 몸부림일 뿐
흔들린다는 것은 살아 있다는 것
흔들리는 사이에 비워지고
다시 균형 잡히며 채워진다

균형 잡힌 세상 속에
흔들림은 그치지 않는다

미세하게 양팔을 스치는 바람에도
흔들릴 수밖에 없는
천장에 매달린 모빌을 바라보며
중심을 향해 가는

부유하는 그물망

촘촘한 도시의 낮과 밤
모든 것을 잡아 가두는 좁은 그물코
걸린 것들은 그물망에 빼곡히 걸려서
숨을 할딱이고 있다
사이사이에 박힌 눈
까맣게 두려움에 걸려 있다

섬에 들어온 지 몇 달이 지났을까
바람이 지나가다 쉬어가고
뻘밭은 생명들의 쉼터다
썰물도 떠나간 섬은 케렌시아(querencia)가 된다
낡은 그물코가 뱃전에서 쉬고 있다

사는 일

평생을 해변 솔밭에서 행상을 하며 살아가는 노파
그녀가 팔고 있는 콩
콩 자루가 늘 그녀의 무릎을 짓누른다

가족들 먼저 떠나보내고
일을 하지 않으면 죽을 것 같다고 말하는 할머니
한 사발 콩이 담긴 비닐봉지에
그녀의 하소연도 퍼 담는다

먼 바다의 참치는 아가미가 기능이 떨어져
평생을 헤엄치지 않으면 죽는다고 하는데
늘 지느러미로 물길을 헤친다

그녀의 굽은 등에는 지느러미가
돋아나곤 한다

사는 일은 바다를 헤엄치는 것
콩 할머니의 등에는 날마다
새롭게 지느러미가 돋아난다

어린 여신

네팔의 살아 있는 여신 쿠마리
이마에 그려진 신의 눈
그 눈으로 무엇을 볼까
(사람들의 욕망과 소원)
요란한 화장으로 앳된 얼굴 감추고
무거운 장신구엔 세상 고뇌 매달렸다
창가에 스치듯 살짝 내미는 표정 없는 얼굴
눈빛도 침묵이다
복을 빌기 위한 관습이라고…
친구와 들판을 뛰고 싶은 동심
어린 쿠마리, 산 제물이다

바닷속 별이 뜨고

분오리(分五里) 선창가 밤이 깊다
하늘의 별이 선창가에 모여든다
깊은 바다 속에 플랑크톤과 잔 새우들이 빛을 안고
알프스의 푸른 산정
알퐁스 도데의 별도 내려온다, 밤마다
바닷가를 산책하는 노부부의 정담을 엿듣고 있다

하늘과 바다 속을 둥둥 떠다니는
은하의 별들은 오늘 밤
분오리의 요정이 된다

폐닻이 누워 있다

빛이 내리지 않는 뻘 속에
발을 파묻은 폐닻이 있다, 동막 바닷가
쇳녹의 딱지가 덕지덕지 앉은 검은 닻
짜디짠 바닷물이 스며들어 살을 에인다
붉은 녹물은 흥건히 젖어 울고
썰물지면 고개 내밀어 아직도 갈매기를 부른다
바닷새 흰 똥으로 덧칠한 얼굴, 자꾸 밀물에 숨긴다

사랑을 잃고 버려진 폐닻
갯벌을 떠나지 못하고
늙은 알몸으로 누워 있다

경계의 삶이

불그죽죽한 감이 뒹굴고 있다
가을비 구죽죽 내리는 날
시골집 뒤뜰의 감나무
가을바람에 제 무게를 견디지 못한 감이 떨어져 있다
홍시도 아니고 땡감도 아닌, 그 경계에서

실직한 예순 살의 가장
생존경쟁에서 낙오된 날갯죽지 내린 새
비에 젖고 있다

이루어 놓은 것도, 이룰 것도 없는

도심을 배회한다
경계의 삶이 비에 젖고 있다

호박넝쿨

가을 텃밭에
처서가 내려왔다
여름 내내 오던 길이 힘들었기 때문일까
호박넝쿨의 걸음이 무겁다

가을 햇살이 넝쿨의 스위치를 눌러
여기저기 노란 꽃등을 켠다
봉긋하게 살이 오른 애기호박에
젖을 물리고 있는 호박넝쿨
불어오는 바람에 풀어헤친 가슴, 여태
여미지도 못한 채

내 어머니를 닮은 고향의
호박넝쿨이 늙어간다

점순 언니

점순 언니는 사촌언니다
기억이 낡은 끈 되어 툭툭 끊어진다, 그녀의 눈빛이
빠져나간 생각들이 물기 없는 혀에 달라붙어
그럴듯한 헛소리를 쏟아낸다
가슴에 박혀 있는 옹이가 내려와
무릎을 짓누른다
비껴간 햇살 아래 우두커니 앉은
어깨가 쏟아져 내린다
지독히도 힘들었던 그녀의 어린 시절까지

모든 감각을 말려 버리는
희뿌연 미세먼지가 요양원 창문 너머
첫 봄의 하늘을 덮고 있다

서해 갯벌의 사람들

부부는 응어리진 굳은 말을 쏟아낸다

누군가 만들어 놓은 웅덩이 속

움푹 파인 바닥이 긁힌 채
끝없이 부유물을 만들고
쇳소리가 뛰어든다

제대로 서 있지도 못하고 스폰지에
물이 스며들 듯 가라앉은 몸

허우적거리는 모습을 누군가는
무심하게 바라보고 있다

숭숭 뚫린 독살 돌담, 갯물이 스르르
빠져나가는 동안

어둠을 껴안고 갯벌에 발목이 잠긴 채
별 하나, 몇 개의 빛살만이

어떤 미로

출구를 찾지 못해 허둥대다가
아예 빠져 나오기를 포기하는
자발적 단절
밖에서는 열어주지 못하는 문
벽인 줄 알고 갇힌다
타성에 젖는 중독이다
자기를 잃어 간다
애써 중독을 벗어나도
또 다른 게 끊임없이 만들어지는

삶이 중독일지도 모른다 어쩌면

연리지

관악산 둘레길, 때죽나무
참 이상하다
수줍던 시절 만지고 싶고
두 손 잡고 싶어 닿을 듯 말 듯
안타까웠던 첫사랑, 마침내
간절함이 이어져 껴안은 모습
서로의 입술이 닿는 몸짓이 된다
불같은 덩어리가 오가는 통로
땅 위에서도 땅 밑에서도
달콤하고 쉼 없는 화산

전율하는 투명한 알몸

제3부

물기 없는 밤

마른 꽃

카페 천장에 거꾸로 매달린 드라이플라워
우두커니 아래를 내려다보고 있다
살아도 죽어 있고, 죽었어도 산 채

혈관을 돌던 실핏줄은 이미 빠져나가고 없다
처절한 몸부림의 시간이 끝나고

실내에 흐르는 은은한 노래 따라
보랏빛 수국의 지문이 허공을 맴돌고 있다

그림자도 숨죽이고 있는 까만 밤
마른 꽃들은 웅크린 채
화려했던 젊은 날을 들춰 본다

아무도 기억해 주지 않는 물기 없는 밤

반사경 안에는

보이는 모든 빛이 빨려 들어간다, 골목 모퉁이 볼록거울
아장아장 걸어가는 아이의 발자국,
새들의 노랫소리도 둥글게 울려 퍼진다

부드러운 곡선이 단계적으로 들어가고
단계적으로 사라지는 볼록한 거울

주마등이 지나는 도로 위 반사경

어느 날 불쑥
시간이 튀어나와 스치듯 사라지는

마라도의 바람

누군가의 못다 이룬 사랑이
바람으로 남아 있다 마라도에는
모든 소리 지워 버리는 바람 속에
메아리마저 떠나고 없는

하얗게 새어 버린 억새풀 머리 위에, 폭풍의 언덕
캐시의 흐트러진 머리카락이 얹혀 있다
잊혀져가는 연인들 울음소리가 섬을 휘돌고

아직도 끝나지 않은 사랑은
키를 낮춘 관목들 뒤꿈치에
검은 눈동자로 웅크리고 있다

수레국화

따사로운 햇살 줄기 끌어당겨
수레국화가 피어난다, 키이우에
꽃술을 감싸 안은 수레바퀴, 꽃의
푸른 눈빛
가느다란 줄기에 우주가 실려 있다
전쟁의 광풍에 속절없이 흔들리는
꽃무리 속에
낯선 땅 내몰린 우크라이나 난민들의
빈 유모차가 덩그러니 놓여 있다
사라진 아이들의 맑은 울음이

전화(戰禍)의 수레바퀴에 짓밟히고 있다

항구로 가지 못하고

항구로 가지 못하고 들른 곳
이름을 잃어가는 항구에
널브러진 어구와 폐선이
갯비린내 안에 갇혀 있다
오래된 수산물 창고 사이로 보이는
팽목항의 붉은 등대
아이들을 가슴에 묻은 부모의 눈물을
제 몸에 새기고 있다
차마 부끄럽고 미안해서
가까이 가서 볼 수도 없었던
떠나가는 물길

그렁그렁한 눈물만 바다 물결에 실어
팽목항으로 흘려보낼 뿐이다

봄, 문은 열리지 않고

1.
꽃피울 생각을 안한다, 봄 새악시
꽃밭 가장자리에 주위에 돌담을 쌓아놓자
비로소 맺히는 꽃망울
5년 된 작약꽃 조심스레 내미는 수줍음
바람을 막아주는 돌담이 문을 열었다

2.
문이 열리지 않고 있다 수년째 시골살이
아직도 접목하지 못한 사람과 사람
손톱에 까칠한 거스러미
속내를 숨기고 웅크린 겨울 찬바람이,
통로에 묵직한 돌담을 쌓는다
한기를 녹일 돌담
봄햇살이 문을 열고 오겠지

무채색의 겨울

간이침대에 누워 있는 늙은 여자
움직이지 못하고

흐릿하고 차가운 냉기 속에 오래된 산소와
여자의 신음소리가 낯설다
눈물 섞인 음식이 그녀의 식도를 넘고 있다
손과 발은 차츰 온기를 잃어가고
살붙이와 손을 잡고 싶어 내미는 손을
그녀의 관절이 완강히 거부하며 버둥댄다

젊은 시절에는 온기가 늘 그녀를 감싸고 있었는데
모든 슬픔까지 식어가고 있다
무채색의 흰 벽이 싸늘하다

밖에는 싸락눈이 내리며 닫힌 창문을 두드린다

그 해, 그 겨울

마당에 어둠이 내린다
한기 품은 북풍이 새소리를 지우고
파르르 문풍지 틈새까지
파고드는 겨울바람
방으로 기어들어 냉랭한
얼음 뼈대를 세운다
어린 자매는 아랫목
솜이불 속으로 숨어들고
할아버지 마른기침은
성에로 피어난다
윗목의 자리끼 물은 꽁꽁 얼어
긴 겨울밤을 웅크리고 있어도

겨울밤, 우리는
아랫목에서 또 다른 꿈을 만들었다

어떤 밤

달빛이 한 사내의 어깨 위로 스며든다
절박하게 밤 속으로 걸어가는 그 곳에
달빛이 어둠을 밀어내고
시들어 있던 줄기가
달빛을 움켜쥐고 일어선다

그에게 건넨 한 장의 파란 지폐
서울 외곽의 깊은 밤을 이끌고
웬일인가 킥보드에 몸을 싣고
돌아가는 뒷모습
밤에도 시계(視界)는 분침을 돌리고
나는 차에서 내린 채
달맞이꽃 환한 풀밭을 지켜보고 있다

꽃 진 자리

화사하게 핀 접시꽃
비바람에 휩쓸린 퇴색한 꽃잎
무슨, 할 일을 다 끝냈을까
마른 꽃 이파리 흙 위에 누워 있다
꽃이 진 자리 둥근 주머니 속
까만 씨앗이 빼곡히 모여 있다

한 무리 바람 지나가고, 꽃 진 자리
둥근 꽃떨기 눈을 감는다

불러주지 않던 이름

마당가 개복숭아 아무도
불러주지 않던 털이 보송한 산골 아이

지금은 익지도 않은 파란 열매
모조리 훑어가는 복숭아 서리꾼
가지가 찢긴 나무엔 눈물이 맺혔다 투명한
수액 빛 울음 삼키고 있는 개복숭아나무
열매 없는 휑한 그늘

바람은 복사꽃 향기
실어 나르더니

동백섬의 새

겨울빛 내려앉은 동백섬, 오동도에는
겨울 동백이 꽃망울을 터뜨렸다
차가운 소금바람이 섬을 돌아나가고
붉은 섬은 지즐대는 동박새를 유혹한다
꽃내음이 오동도를 휘감고
몇 개 떨어진 꽃떨기가 추운 울음 토해낸다

전망대에 올라 섬 밖의 파도를 기다린다

훠이 훠이 동박새 울음 서러워
먼 바다로 붉은 꽃잎이 가고 있다

그루터기

달랑 아랫도리만 남았다
무성한 가지 떠나가고
한때는 물오르는 나의 분신
지금은 뭉툭한 몸뚱아리만
내 몸 간지럽혔던 새들의 발톱 갈퀴
사람들은 무릎에 앉아 쉬어간다
볼품없이 뭉툭해진 허리
누군가에게 쉼터가 되는 일, 그나마 다행이다
문득 땅 밑 뿌리에서 들려오는 가는 물소리
살아 있는

봄은 그루터기 나이테를
조금씩 간지럽히고

송팡 할머니

개구리 울음소리 어둠을 긁어대던 날, 송팡 할머니가
마지막 이사를 가셨다 요양원으로
기울어진 문짝, 낡은 세간들이 눅눅하다
눈길을 잡아 끄는 것은
촛농자국 어지러운 뒤꼍 장독대
이마가 땅에 닿을 듯이 굽어버린 허리를 끌고
자식을 위해 소원 빌던 곳
망초꽃 채소꽃들로 뒤엉킨 텃밭이
우두커니 앉아 있다

하얗게 바랜 가을볕

고로쇠나무

정수사 옆 산 능선에 고로쇠나무 숲
나무가 시름시름 앓는다
늑골이 뚫린 채
얼마나 울었는지
말라가는 우듬지
시린 바람 드나드는 수액 구멍을
서로 우두커니 바라만 보는 나무들
명치끝이 아려오는 울음소리
허공을 긁는다

고로쇠나무 숲, 안개가
언 땅을 맴돌고 있다

산이 운다, 봄 산이 깨어서

풀벌레의 꿈

이름 모를 풀벌레 소리가 어둠을 가른다
뒤꼍 풀숲에서 들리는 작은 숨소리
서로의 진동을 열어보고 날개 비비는
소리를 엮어 울타리를 친다
둘만의 호흡으로 채워지는 조그마한 구석방
들릴 듯 말 듯 속삭이는 소리
서로의 더듬이가 닿는 곳마다
짜릿한 기억이 쌓여간다
애끓는 밤의, 세레나데
풀숲을 스치는 바람이 슬며시 내려앉는다
여린 풀벌레의 날개 위에

모래밭 채굴

금속탐지기를 들고 있는 한 사내
바닷가 모래밭에서 채굴을 한다
연거푸 삽질을 한다
탐지기는 손을 더듬어 소리를 잡아내지만
깊이 뿌리 내린 동전은 소리만 남길 뿐
보이지 않는다

기대와 실망이 수없이 교차되고
사내는 다시 깊은 곳을 찾아 조준한다
저물녘 모래밭은 까만 허탈감이 깔리고 있다
하루의 고된 노동이 겨우
작은 주머니에 매달려 있다

너덜거리는 바짓가랑이에

로제트

언 땅에 납작 엎드려
살아 숨쉬는 냉이, 꽃마리, 개망초
모두 로제트다

오로지 할 수 있는 것은
깊게 뿌리를 내리는 일
바람에 밟히고 눈 속에 파묻혀도
잎은 꿋꿋하게 겨울을 받아내고 있다

시간이 깊어지면 마침내 오고 말 연둣빛 봄날
돌아날 햇볕 한 자락을 기억해 내며
납작 엎드려 있는 작은 풀꽃 동네

꽃잎차

비바람 햇볕에 농익었던
이제는, 마른 꽃
겨울 밤 찻잔에 동동 떠오른다
서서히 붉은 향기를 풀어내며

스토브는 열기를 뿜어내고
꽃의 속살에 입술을 포개면
그 체취가

나비들의 날갯짓이
꽃잎차에 빠져든다

제4부

나무인 듯 서 있다

나무인 듯 서 있다

폭설과 거친 바람이 세상을 휩쓸고 있다
마당가 측백나무 한 그루
쓰러질 듯 버티고 있다

붙잡아 주지도 못한 채
창밖을 망연히 바라본다

폭염과 폭우에 휘청거리며 뿌리를 움켜쥐고
끈적한 울음, 바람에 실어 보내는 일도
그의 생이지만

어쩌면, 나
측백나무처럼 흔들리는 것은
생을 살아내는 울음을 흘려보낼 줄
아는 때문인 줄

바람이 부드러운 남풍을 실어오는
분홍 햇살이 저만치

나무인 듯 내가 서 있다

곁가지

오이 토마토 고추 잘 자라고 있는데
남편은 사정없이 곁가지를 훑어낸다
아까워하는 내 마음 아는지
(곁가지가 많으면 중심이 서지 않고
열매가 안 열려)
퇴직하고 사람과의 곁가지도
정리하고 있는 남편

후두둑 잘려 나간 욕망들
바람과 충돌한다
멈춘 길이 텃밭에 머문다

통속(通俗)의 꽃들

달빛 아래서 펼쳐지는 강강술래를 본다
웃음이 넘쳐난다

제 빛깔 내려두고 밤하늘의 별을 세는 뜨락의 꽃들
자기가 있어야 할 자리를 알고 있기에

사다리를 오르고 있는 붉은 통속(通俗)의 꽃들
누구에게 뒤질세라 웃음도 잊었다

달 아래 둥글게 손잡은 강강술래
나직나직 피어나는 작은 꽃들의 춤

아직은 바람이

나를 질질 끌고 다닌다,
온갖 바이러스
머릿속에 너덜너덜 달라붙은 부푼 꽈리
보이지 않는 물질에 오감(五感)을 차단한 채
아무것도 할 수 없이 갇혀 있던 시간
얼마쯤 지났을까, 엔데믹
조그마한 틈으로 빛이 새어든다
멀리서 신기루가 보인다, 찰나에
탈출 행렬이 끝이 없다
일시 정지가 풀렸지만
파편처럼 흩어지는

아직은 푸른 바람이 멀리 있다

타지마할궁의 눈물

야무나 강변에 타지마할이 떠오른다
은빛 물방울 모양의 궁전
보석이다
대리석이 내뿜는 도도한 빛에
숨이 막힌다
네 개의 탑에서 들리는 울음소리
탑은 순간 핏빛이다
궁전 대리석에 박힌 수많은 보석은
오른팔이 잘린 장인들의 눈물방울
업보가 된 샤자한 왕의 사랑

아직도 잿빛 도시를 떠돈다

*타지마할 : 인도 무굴제국 5대 황제 샤자한이 사망한
　　　　　왕비 몸타즈마할을 위해 건축한 묘지.

겨울바다

멀리 추위에 웅크린 채 떠 있는 섬
개펄엔 허기진 물새 몇 마리가
썰물 지는 뻘에 모가지를 묻고 있다
뒤지고 뒤져도 먹잇감은 보이지 않고
울컥 울컥, 허기만을 게워낸다

어느새
쓰레기통을 뒤지던 고양이 가족이
바다로 나와 어슬렁거린다
주린 배에 눈빛이 사납고 거칠다
갯벌을 뚫고 보글보글 뿜어대던 게 구멍도
오늘은 문을 닫았다
고양이는 허기를 발톱으로 긁고 있다

천사의 꽃

거실에 들여 놓은 겨울화분
주렁주렁 별사탕을 매달았다
하늘에서 내려온 빨간 별똥별

어머니가 애지중지 키우시던 게발선인장
(우리 아들 감기 들지는 않았는지)
겨울이면 오는 꽃
어머니의 꽃, 천사의 꽃
활짝 피었다가 금세 져버리는
어머니의 자태
마음이 시리다

꽃이 진 자리, 어머니의 그림자

모래 물결

강풍 불어오는 바닷가
누워 있던 모래가 일어나
달려가며 신기루를 만든다
수만 번 구르고 굴러
발자국을 지우고
제 몸으로 고운 모래언덕을 낳는다
모래 빛이 모여 반짝이는 별무리가 되고
모래 물결을 이루며 앞으로 나아간다
은모래가 흐르는 강물은
바람의 길이 되고

화가의 착각

환강박증인 화가 쿠사마 야요이는 열도 끝
나오시마에 물방울을 뿌려 놓았다
노란 호박, 빨간 호박 조형물에
고집스런 점만을 찍는다
그 물방울은 바닷물과는
결코 섞일 수가 없는데도
섬과 어우러진다 이상하게도
물방울무늬는 점의 잔상이 되어
섬을 맴돈다
검은 물방울 속에 나를 가두고 떠돈다

환강박증이 바다 위에 떠다닌다

웃는 집

한동안 비워 둔 시골집
편지 몇 통 입에 물고 주인 기다리는
빨간 나무 우체통

추위에 잔뜩 웅크리고 있는 작은 목조 주택
온기를 넣고 걸레질로 간지럼을 태우고
커튼을 올린다

탁탁 벽난로에 장작이 타들어가는 소리
집이 빨갛게 웃는다
살아 있는 것은 소리를 낸다

집으로 몸이 바뀐 나무
그 속에서 살아가는 우리의 안부

따뜻한 저녁 창가에서 편지를 읽는다

겨울 철새

저물 녘 한강 하류 둔치
하늘에서 기러기 울음소리 쏟아져 내린다
끊임없이 이어지는 목쉰 노래
머나먼 허공을 헤쳐 날아온 안도의 함성일까
철새 떼 깃털엔 바람과 구름의
아무르강 흔적이 허기로 남아 있다
속울음 삼킨 채
목이 잠겨버린 강물 위
철새의 시린 발목이 애처롭다
맨발로 계절을 걸어가는
겨울바람 속에서 갈대밭은
철새의 언덕이 되어준다

시치미

빈집에 덩그러니 놓여 있는 유골함
떠났어도 떠나지 못하고
언니를 기다리는 오빠
한때는 펄펄 날며 테니스를 치던 관절
세월에 풍장되어 가버린 사랑
넘어진 뒤에야 속도를 잃어버린
봄바람이 한바탕 놀다 간 마당가
가지 하나를 잃어버린 나무가 고요히 서 있다

시치미를 뚝 떼고 살아간다 누구나

그의 시치미는 점점
검은 옹이가 되어가고 있다

내가 가벼워진다

모노레일을 타고 오른 화개산 스카이 워크, 하늘이다
스카이 워크에서 발을 내딛는 것
아찔한 쾌감이다
수십만 평 허공을 내려다보면
내가 가벼워진다
온갖 소음 속에 묻혀 있는 그곳을
떠나 있어 마냥 좋은
하늘과 구름 사이

미처 준비되지 못했던 일
아무런 방패도 없이
한없이 추락해 버렸던 그날이 흩어지고

내가 깃털로 날아오른다

겨울 동막리

갯벌 따라 밀려드는 동막리의 겨울
폐선 속을 헤집던 바닷바람
서걱서걱 모래를 토해 놓는다

방풍림도 돌아앉은 동막 바닷가
해변 찾는 발자국 끊어져
파시가 끝난 공허한 마을
허기진 고라니 동네 텃밭 뒤지는 오후
놀란 새떼 날아오르는 소리에
뒷산이 기지개를 켠다

빛의 스펙트럼

잘려진 유리 조각들이
벽면 빛과 함께 쏟아진다
세상의 모든 생각을 담고

흩어진 빛들이 만들어낸 수많은 언어
이야기를 만들어 간다

예측 불가능함이 낯설게 다가온다

굴곡진 생애
수많은 빛깔로 들어와 있다, 만화경 속에
만화경 속에는

흔들리는 세상 속에
찢어진 조각들이 다시 이어져
여러 갈래 빛의 파장

별과 넋두리

늦은 저녁 포장마차, 젊은 청년 몇이
술잔을 부딪친다
하루의 고단함을 내려놓고
아무리 달려가도 제자리를 맴도는
얼음판 위에 팽이

바람 부는 들판에서 삶을 알아버린 그대들
이제는 엎드릴 것도 없는
몸보다 마음이
깊은 맨홀의 함정에 빠져가는
반복되는 요요의 스프링
튀어오르다 다시 제자리에

잠시 밤을 쉬어가는 포장마차에는
검은 밤 위에 몇 개의 별들이 내려오고

꽃샘추위

봄이 올 무렵, 시간은
잠시 꽃나무 앞에서 머뭇거린다
추운 꽃눈 파르라니 눈 감고

꽃나무 흔드는 바람
잠깐 모퉁이로 몸을 숨긴다 봄은
어룽이는 햇살에 놀라서 눈을 뜬다
피어나는 햇살에
바람은 깃발을 내려놓고

아, 봄이다

서울살이

이른 아침 꽉 찬 서울행 좌석버스

가쁜 숨은 이내 곤한 꿈에 빠져든다

서울 외곽에 살지만 꿈속에서는

서울살이를 한다

사람을 가리는 서울

거대한 서울이 밀어냈던 젊은 영혼들은

단련을 마치고 입성하겠지, 롤러코스트

세파를 견딘 그들에게

슬며시 한강이 손짓을 할 것이다

바다안개

뿌우연 빛이 번져가는 어두운 해면
바람 따라 이리저리 몸을 비틀던 안개송이
물방울이 어스름 빛에 닿아
또 다른 물방울을 만들고 있다
가슴속에 있으면서
시가 되지 못한 문자들이
새로운 물방울 속에 떠다닌다
남아 있는 상처 부스러기에 갇혀
비어 있는 행간을 채우지 못한 숱한 날들
시간 속에 파묻힌 기억들을
송두리째 날려보낸다

갯벌에 찍힌 빈 발자국에
바다안개가 자꾸 내려앉는다

제5부

갯벌, 화폭이 되다

갯벌, 화폭이 되다

썰물 지는 동막 해변 파도가 쓰다듬던 갯벌은 질
펀한 앞가슴을 풀어헤치고 있다 바다가 물러간 자
리에는 살아 숨쉬는 생명이 그득하다 검은 갯벌은
커다란 캔버스 물길은 하루 두 번 어김없이 찾아와
넓게 또는 좁게 그림을 그린다 파도의 부드러운 손
끝 따라 갯골에 물이 흐르고 갈매기들의 플레시몹
이 펼쳐진다 소리로 접속된 그들, 일시에 수십 마
리가 모여들어 자맥질하다가 날아오른다 갯골에
하얀 꽃이 피어난다 치어들이 모여드는 곳으로 이
동해가며 모였다 흩어지기를 반복한다 밀물 들지
않는 무쉬 때의 갯벌엔 먹이 찾는 바닷새들 그득한
화폭이 되고 새들의 마른 울음 캔버스 밖을 떠돈다

경로 이탈

어지럽게 누워 있다 흩어진 길들이
그의 경로는 심하게 흔들리는 나침반 바늘
경로 이탈이다
목적지가 얼마 남지 않았는데
길이 사라지고 일상이 뒤집힌다

때때로 길을 잃는다
일부러 길을 잃는지도 모른다
나침반은 이미 뒤죽박죽
애써 길을 찾아가며 생각을 심겠지만

아이야, 유턴(U-Turn)은 어떨까

그가 절뚝거린다, 그의 그림자도

채송화의 기억

붉은 수채화 물감이 마당에 번진다, 봄비 그치고
빗물이 쏟아낸 눈물을 따라 흐르던
작은 채송화 씨앗들
딱딱한 맨땅에서 바람에 뒹굴고
발길에 짓밟혀도 끄떡없다
따뜻한 햇볕 내리쬐인 후
고 작은 손바닥 펼쳐 기어이
하늘을 향해 손짓한다
지난해 기억된 회로 따라
서로 손잡고 낮게 일어서서

오늘 낮게 쪼그리고 앉아 있다 나는
키 작은 채송화가 되고 있다

갠지스강

좁은 골목길에서
구걸하는 사람들의 멍한 눈
삐쩍 여윈 힘없는 개들의 눈
어슬렁거리며 돌아다니는 소떼
왠지 모르게 사람과 짐승의 눈은 닮았다
닮은 듯한 그것은
무념무상의 몸짓

탁한 갠지스강에서
세수하고 빨래하는 인도 사람들
소원 실어 꽃등을 띄우는 사람들
매캐한 연기 속에서 태워지는 죽음들
버려진 재 속에서 뭔가를 뒤지는 맨발의 아이들

삶과 죽음이 공존하는 갠지스강

배롱나무의 계절

고향집 배롱나무
땅속 깊숙이 뿌리 내린 근육이
어둠을 툭툭 털어내고
허공으로 팔을 밀어 올린다
타는 듯한 여름 햇볕이 가지 끝에
아슬아슬하게 매달려
하얀 꽃망울을 틔우고 있다

겨우내 메말라 있던 나무 밑동
꽃이 피어날 때, 그때서야
눈길을 주기 시작한다 배롱 꽃에게

순간을 위해 어둡고 깊은 곳에
발을 묻고 기다리는 나무들의 젖은 눈을
아무도 눈여겨보지 않았다

주차장에는

한여름 땡볕이 붉은 혀를 날름대며
주차박스를 달군다
공영 주차장 입구에 세워진
반 평 남짓한 좁은 공간
젖어드는 땀방울을 누구도 보지 못한다
박스 안에서 내미는 노인의 손은 검게 젖어 있다
가끔 몇몇의 거친 사내들은 주차권을 빼앗듯이 채간다
황금마차라도 타고 온 듯 오만한 시선에
노인은 슬쩍 눈길을 피한다

땡볕 아래 주차장의 풍경을
아무도 말하려 하지 않는다

문밖의 젊음

자동문 안으로 빨려 들어가는
네임 카드를 목에 건 사람들은 신의 아들일까
좁고 어두운 고시촌의 방은
회전문으로 들어갈 푸른 통로
검은 방안에 오래 발효된 꿈이
명패걸이를 달 수 있다면…
조용한 복도에는 자기 소개서 수십 장
쓰고 지우는 자판 두드리는 소리

젊음은 아직 문밖에서…

부조(浮彫)

아무도 볼 수 없다 나의 뒷모습을
볼록한 가슴과 울퉁불퉁한 양각의 조각상
말하는 벽이다

보이지 않는 진리가 있듯, 뒷모습이 안 보인다고
숨겨진 마음까지 없는 것은 아니다
단지 질척거리며 무방비 상태로 놓인
감정을 들키기 싫을 뿐
단장하고 서 있는 앞모습에 쏟아지는
수많은 곁눈질을 받아내고 있는 것이다

보이지 않는 뒷모습

환승역에 서서

가늠할 수 없이 깊은
바닥에서 피어오르는 감정이다
그가 환승역에서 멍하니 서 있다
무엇을 탈 것인가, 오래 중독된 담배를 끊으려고
뒤엉킨 실타래다
그의 헐거워진 기억 속으로
불안과 초조가 드나든다

그이 옆에서 나는 밤새
식은땀에 젖은 목덜미를 웅크리고 있다
그의 허물어진 모서리 틈새로
매서운 북풍이 끊임없이 밀려 들어온다
그는 환승역에서 두려워하고 있다
익숙한 그의 그림자와 싸우고 있다

아이와 갈매기

봄비 그친 동막 바닷가에서
어린아이가 새우깡을 던진다
삽시간에 몰려든 갈매기들
아이 엄마의 눈은 엉뚱하게
스마트폰에 꽂혀 있다
아이와 새우깡, 갈매기와 엄마는
분리된 피사체
시간은 개체의 내부로
분리되어 부서진다

아이의 해맑은 웃음으로
갈매기를 따라간다

유빙(流氷)

한파가 휩쓸고 간 새벽바다
밀물 따라 떠내려온 유빙조각
이리저리 떠다닌다
알몸의 나그네가

끊임없이 달려드는 파도의 흰 이빨
먼 여행길에 단단하던 욕망도
녹아내린 여윈 얼음조각
얼마만큼 또 떠밀려가야
뭍으로 닿을 수 있을까

알몸의 나그네는 하얗게 부서져
바다 속으로 서서히 수장되고
바람은 해협을 건너고 있다

눈 오는 날

백일홍 피어 있던 꽃밭에
겨울바람이 들어와 산다
앞마당 잔디 위에 사뿐히 내려앉은 눈은
제 그림자를 숨긴다
앙상한 가지 위의 눈은
생애의 끝자락처럼 매달려 있다
가진 것 없는 노부부의 사랑이듯
저 눈도 머지않아 햇볕에 눈물 지우듯
제 몸 허물어뜨리고 사라지리라
부대낀 삶의 흔적, 눈 오는 날

봄을 읽는 중

톡톡
우수 무렵 빗방울 떨어지는 소리에
노란 산수유꽃 툭 터진다
하늘을 통째로 껴안으며
해맑게 웃고 있다

동막골 마당가에 산수유꽃
시를 쓰고 있다

마당에 엎드린 강아지
코끝으로 봄을 읽고 있다

강화섬의 숨소리

해질녘 바닷물이 먼 곳에 누워 있는
섬의 파도를 끌고 와
갯벌을 깨우고 밀려 나간다
질펀한 가을 갯벌엔, 어린 짱뚱어들
먹이사냥에 바쁘다
섬을 휘돌아오는 바람소리
물길의 흔적 새겨진 갯벌

오늘밤, 스며드는 달빛 아래
또 다른 생명이 잉태되는 자궁 속
뻘 구멍의 숨소리가

강화섬은 희뿌연 안개를 품고 산다

잔잔한 강

　은퇴 후 조용한 오후 아내는 컴퓨터 화면을 보고 남편은 TV를 본다 서로를 보고 있지 않지만 말미잘 촉수처럼 신경은 서로를 본다 (여보 심심해) 아내가 묻는 말에 (심심하긴, 서로의 체취만 있으면 돼…) 남편의 체취라는 한 마디, 진한 여운을 준다 부부란 숨결 하나로 느끼는 것임을… 삶이 단순하다는 것을

　긴 여울을 돌아 이젠 잔잔한 강으로 돌아온

　그래서 시를 쓴다

민트빛 여름

풀벌레 울음 위에 가늘고
촘촘하게 짜인 소리 그물
어스름 새벽빛이 소리 위에 누워 있다

여름 정원은 바람과 햇살로 마름질된
하늘하늘한 개더스커트
세로줄 선들이 손을 놓으면
구겨진 하늘이 펴진다
그 속에 언뜻언뜻 비치는 푸른 바다
물기 한 방울 떨어뜨리면
온통 민트색으로 번져나갈
비취색 치마폭 위에 새벽을 허문
여름빛이 한들거린다

AI가 시를 쓴다

시를 쓴다 AI가, 인공지능 시아는
시를 쓰는 이유라는 시를 썼다
줄일 수 있는 말이 아직도 많이 남아 있을 때
시를 쓴다고 한다
입력된 단어와 문장을 짜맞추어
쉽게 쓰여지는
검은 갯벌 위의 빈 조개껍데기 닮은 시
아가미를 거치지 않은 시어
수많은 시가 삶과 고뇌로 짜여진
시인들의 세계를 우습게 탁본한다

낄낄거리며 마음대로 우주를 유영한다
영혼 없는 뼛조각의 AI 시

날아다니는 꽃

서걱거리는 바람소리에도 못내
떠나지 못하는 구절초 한 송이
나비 한 마리 앉을까 말까
구절초의 안색을 살피는 늦가을 오후
바람도 소리도 없는 나비의 날갯짓
허공에 무늬를 찍는다
날아다니는 꽃이다

내가 알지 못한 나비의 언어
구절초가 읽어냈을까
두 꽃송이 한 몸 되어 가쁜 숨…

절정의 가을이 떠나가고 있다

꽃피는 순간 나무는 가벼워진다

초판 1쇄 발행   2024년 9월 20일

지은이 | 손연옥
만든이 | 이한나
펴낸이 | 이영규
펴낸곳 | 도서출판 그린아이

등록 연월일 | 2003. 12. 02.
등록 번호 | 제2-3893호
주소 | 서울특별시 은평구 녹번로 6-11, 201호
전화 | 02)355-3035 팩스 | 031)965-4679
이메일 | gmh2269@hanmail.net

ISBN 979-11-91376-39-5(03810)